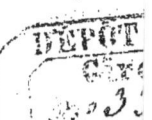

A PROPOS D'UN PATÉ

OU

RIRA BIEN QUI RIRA LE DERNIER

PROVERBE EN UN ACTE

A L'USAGE DES JEUNES GENS

PAR

M. l'Abbé L......

Professeur de Belles-Lettres.

———•◦•———

BORDEAUX

P. CHAUMAS, LIBRAIRE-ÉDITEUR

Fossés du Chapeau-Rouge, 34.

—

1860

A PROPOS D'UN PATÉ

ou

RIRA BIEN QUI RIRA LE DERNIER

PROVERBE EN UN ACTE

A L'USAGE DES JEUNES GENS

PAR

M. l'Abbé L......

Professeur de Belles-Lettres.

BORDEAUX

P. CHAUMAS, LIBRAIRE-ÉDITEUR

Fossés du Chapeau-Rouge, 34.

1860

PERSONNAGES.

———

CHEVILLARD, médecin.
BERNARD, son frère.
MERLIN, domestique.
PIERROT, ami de Merlin.

Bordeaux. — Imp. de J. Delmas, rue Sainte-Catherine, 139.

A PROPOS D'UN PATÉ

ou

RIRA BIEN QUI RIRA LE DERNIER

———— ◆ ————

(Le théâtre représente un salon.)

———————

SCÈNE PREMIÈRE.

MERLIN, PIERROT.

PIERROT.

Bonjour, Merlin. Te voilà triste comme un jour de Quatre-Temps.

MERLIN.

J'en deviendrai fou. Mon maître n'est pas encore arrivé.

PIERROT.

Tant mieux!

MERLIN.

Tant pis! Les premiers jours, cela va bien : on jouit de sa liberté; on invite les amis; on joue; on se promène; on fait le bourgeois enfin; mais les provisions s'épuisent et personne n'est là pour les renouveler.

PIERROT.

Ah! je comprends. Tu as été trop vite en besogne.

MERLIN.

Comme tu dis.

PIERROT.

Et moi qui venais déjeûner avec toi.

MERLIN.

Tu tombes mal, mon cher.

PIERROT.

Il ne te reste donc rien?

MERLIN.

Moins que rien; car je sens un appétit dévorant.

PIERROT.

C'est aussi ce que j'éprouve.... As-tu bien fouillé dans le buffet?

MERLIN.

Parfaitement vide.

PIERROT.

Et la cave?

MERLIN.

Item.

PIERROT.

Mais, tu as de l'argent.

MERLIN.

Pas un sou.... Et toi?

PIERROT.

Item.... Ainsi nous voilà réduits à désirer le retour de monsieur Chevillard : C'est triste!

MERLIN.

C'est épouvantable! car cet homme-là, vois-tu...

PIERROT.

Je le croyais assez bon garçon.

MERLIN.

Lui?... Tu ne le connais pas. Cet homme n'a qu'une vertu : l'économie; mais l'économie poussée jusqu'à l'héroïsme. C'est plus qu'un juif; c'est un arabe, un turc de premier ordre, grondant toujours, s'emportant à tout propos.... Sais-tu ce qu'il m'a donné pour mes étrennes?

PIERROT.

Un habit neuf?

MERLIN.

Une paire de soufflets.

PIERROT.

Cela m'étonne.

MERLIN.

Et moi aussi; car enfin je suis un bon domestique; et à part quelques petits défauts....

PIERROT.

Oui; tu es un peu paresseux.

MERLIN.

Sans doute; cela tient à ma profession.

PIERROT.

Tu aimes le vin.

MERLIN.

Comment ne pas l'aimer?

PIERROT.

Tu passes pour gourmand.

MERLIN.

Qui ne l'est pas?

PIERROT.

Tu trompes tes maîtres.

MERLIN.

C'est là mon casuel.

PIERROT.

Ce pauvre monsieur Bernard surtout.

MERLIN.

Oh! celui-là, c'est un brave homme, l'homme mo-
dèle, la crême des hommes. Quelle différence entre lui
et son frère!

PIERROT.

Il n'a pas inventé la poudre, dit-on.

MERLIN.

Ce n'est pas sa faute.... Je bénis le ciel de m'avoir placé auprès de lui. Avec cet homme, il y a de la ressource. Nous fraternisons ensemble; nous faisons bourse commune; il écoute volontiers mes histoires et mes conseils... Sans lui, je serais déjà mort d'ennui et de faim dans cette maudite maison. Mais aussi je ne suis pas ingrat; je l'aime de tout mon cœur, et je lui ai déjà rendu plus d'un service.

PIERROT.

Je le crois. Il aurait bien dû rester avec toi.

MERLIN.

Son frère ne l'aurait pas permis. Tu sais qu'il se défie un peu de ses lumières.

PIERROT.

Ce n'est pas sans raison. Je m'étonne que M. Chevillard se soit décidé à quitter ses malades.

MERLIN.

Ses malades?... il les a expédiés avant de partir..... C'est un grand médecin.

PIERROT.

Quand reviendra-t-il ?

MERLIN.

Je l'ignore..... L'héritage a dû être considérable.

PIERROT.

Il vient d'hériter ?

MERLIN.

Parbleu ! tu crois qu'il est allé au fond de la Champagne pour y respirer le grand air ? Un parent, un oncle, je crois, aussi avare que lui, vient de partir pour l'autre monde ; ainsi M. Chevillard est condamné à devenir millionnaire.

PIERROT.

Parlez-moi de ces condamnations-là : elles valent mieux que celles de la police correctionnelle.

MERLIN.

Tu dois en savoir quelque chose.

PIERROT.

Voyons, qu'allons-nous faire ?... D'abord, je ne te quitte pas..... Déjeûnons-nous ?

MERLIN.

Impossible !

PIERROT.

Alors il faut jouer.

MERLIN.

Oui, à colin-maillard. Cela te va-t-il ?..... Mais on frappe à la porte. Qui peut venir à cette heure ?

(Voix du dehors :) Merlin !

MERLIN.

Ah, diable ! c'est lui.

PIERROT.

Où me cacher ?

MERLIN.

Où tu voudras. (Il va à la fenêtre et regarde.) Je ne me suis pas trompé. M. Chevillard a l'air tout bourru.

PIERROT.

S'il me trouve ici, il va me rouer de coups.

MERLIN.

Cela te regarde.

(On frappe de nouveau. — Voix du dehors :) Merlin ! Merlin !

MERLIN (à part.)

Un peu de patience, mon bon maître. Son frère est avec lui.... il porte un panier... Que peut-il y avoir là dedans?

PIERROT.

De grâce ! aide-moi à me cacher.

MERLIN.

Eh bien ! prends le petit escalier et monte dans ma chambre.

PIERROT.

Où est-elle située ?

MERLIN.

Tu peux le deviner : juste au-dessous du toit ; personne n'ira t'y chercher. (On frappe plus fort ; voix du dehors) : Ouvriras-tu, maraud?

MERLIN (à part.)

Les injures recommencent; nous y sommes habitués,

Dieu merci. (Haut.) On y va! il faut bien le temps de tirer le cordon.

SCÈNE II.

CHEVILLARD, BERNARD, MERLIN.

CHEVILLARD.

Je vous demande s'il est possible de trouver un butor de cette espèce! Nous laisser deux heures dans la rue!.. Voyons, que faisais-tu?

MERLIN.

Ce que je faisais?

CHEVILLARD.

Oui.

MERLIN.

Je vous attendais.

CHEVILLARD.

Tu as l'air de nous attendre, en effet.

MERLIN.

Je désirais tant vous revoir! Ah! M. Chevillard, si je ne me retenais, je vous baiserais sur les deux joues.

CHÉVILLARD.

Je te le conseille.

MERLIN.

Comment vous a traité votre voyage?

CHEVILLLARD.

Peu t'importe.

MERLIN.

Avez-vous déjeûné, au moins?...

CHEVILLARD.

Cela ne te regarde pas.

MERLIN.

Et vos petites affaires?....

CHEVILLARD.

Tu m'assassines par tes sottes questions. Va te faire pendre ! (Merlin fait semblant de se retirer.) Où vas-tu ?

MERLIN.

Où vous m'envoyez.

CHEVILLARD.

Écoute ; est-on venu me chercher pendant mon absence?

MERLIN.

Non, monsieur.

CHEVILLARD (levant sa canne.)

Comment non !...

MERLIN (tremblant.)

Oui, monsieur.

CHEVILLARD.

Qui donc?

MERLIN.

Personne.

CHEVILLARD.

Est-ce que tu te moques de moi?

MERLIN.

Hélas! monsieur, bien loin de là; mais quand je vois votre canne, je ne sais plus ce que je dis : vous me demanderiez blanc que je répondrais noir.

CHEVILLARD.

Allons, rassure-toi. N'est-on pas venu me chercher pour des malades?

MERLIN.

Des malades? Vous n'en avez plus.

CHEVILLARD.

Je m'en doutais. Ils sont morts pendant mon absence.

MERLIN.

Au contraire, ils sont guéris.

CHEVILLARD.

Les traîtres! en voilà assez pour me décrier dans toute la ville..... S'ils retombent entre mes mains...... Je sors. (Bas à Bernard) : Fais préparer le dîner pour cinq heures, au restaurant voisin. On sait que nous avons hérité; nous sommes obligés de faire quelques invitations.

BERNARD.

Je n'y manquerai pas. (Montrant le panier) : Nous avons ici de quoi satisfaire nos convives.

CHEVILLARD.

Chut ! et surtout prends garde; je vois ici des gens qui ont l'appétit bien aiguisé.

MERLIN (à part).

Que porte-t-il donc dans ce panier ?

BERNARD.

Ne crains rien; je n'ai peur de personne. Plus fin que moi n'est pas bête.

CHEVILLARD:

Je rentrerai dans une heure.

SCÈNE III.

BERNARD, MERLIN.

MERLIN essayant de prendre le panier.

Ce panier vous incommode peut-être, M. Bernard ?

BERNARD.

Non, non, il est très-bien ainsi.

MERLIN.

Voulez-vous que je le porte chez le rôtisseur ?

BERNARD.

Cela n'est pas nécessaire.

MERLIN.

Ce qu'il renferme est sans doute déjà cuit.

BERNARD.

Peu t'importe.

MERLIN.

Vous avez l'air bien portant, M. Bernard ; l'air de la campagne vous a fait le plus grand bien.

BERNARD.

Tu crois ?

MERLIN.

Vous êtes rajeuni de dix ans, au moins.

BERNARD.

Oui dà !

MERLIN.

Vraiment ! vous avez le teint d'une fraîcheur admirable. Voilà ce que c'est que d'aller aux champs : on respire plus à l'aise ; le cœur se dilate, surtout quand on va recueillir un bel héritage.

BERNARD.

C'est vrai, on y jouit beaucoup.

MERLIN.

Vous avez vu le soleil se lever ?

BERNARD.

Bah ! il se lève tous les jours à la campagne.

MERLIN.

C'est ce que l'on m'a dit. Vous cultiviez des fleurs,

vous aviez une basse-cour..... Quel plaisir pour vous
de voir les poules, les oies, les dindons courir à votre
rencontre et se disputer le grain que vous leur jetiez !

BERNARD.

Oui, j'étais heureux ! Je les aimais comme mes en-
fants.

MERLIN.

Cela ne m'étonne pas, c'est le propre des belles âmes...
Je gagerais bien que vous portez dans ce panier quelques-
uns de ces intéressants volatiles.

BERNARD.

Tu deviens curieux, Merlin.

MERLIN.

Non, monsieur ; mais je m'intéresse à tout ce qui
vous touche.

BERNARD.

Bien obligé.

MERLIN.

Je vous aime de tout mon cœur.

BERNARD.

Ah ! ah !

MERLIN.

Jamais je n'ai servi un aussi bon maître que vous.

BERNARD.

Merci.

MERLIN.

Aussi je me permettrai de vous donner un conseil.
Vous attendez du monde à dîner?

BERNARD.

Oui.

MERLIN.

Vous voulez servir ce que vous portez là dedans :
c'est tout naturel.

BERNARD.

Que t'importe?

MERLIN.

Eh bien ! si c'est un chapon aux truffes.....

BERNARD.

Tu m'impatientes avec tes sottes questions. Va-t-en
et ne me romps plus la tête.

MERLIN.

Ah ! vous vous emportez, vous aussi... Eh bien ! je
me retire. (Il fait semblant de sortir et reste au fond du théâtre.)

BERNARD se croyant seul.

Ce maraud-là est d'une curiosité insupportable : je
l'ai malmené, mais je ne m'en repents pas. S'il savait
que ce panier renferme un pâté succulent, il serait bien
dans le cas d'en prendre sa part, et sans permission
encore. (Il découvre le panier. — Pendant ce monologue, Merlin s'approche doucement, regarde le pâté et revient au fond du théâtre.)

MERLIN (à part.)

Dieu, quel superbe pâté !

BERNARD se croyant seul. A demi-voix :

Oui vraiment, il est admirable ! bien cuit à point, doré sur tranche ; il serait digne d'un festin royal. Pour prévenir tout malheur, allons le serrer avec soin. Appelant : Merlin !...

MERLIN faisant semblant d'arriver :

Monsieur !

BERNARD.

Je crois que tu m'écoutais !

MERLIN.

Moi, monsieur ? Je rentre à l'instant même ; je me promenais, et le hasard m'a reconduit ici.... Irai-je serrer le panier ?

BERNARD.

Non, non, cela me regarde.... Va de suite au restaurant de la *Tête-Noire*, et commande à dîner pour cinq heures.

MERLIN.

Combien serons-nous à table ?

BERNARD.

Te regarderais-tu comme invité, par hasard ?

MERLIN.

Non, monsieur ; mais je ne suis pas difficile ; et, si vous voulez....

7*

BERNARD.

Bien, bien... Je t'invite à rester ici.... Nous serons deux, trois, quatre, six personnes.

MERLIN.

Dîner à cinq heures, pour six personnes, à dix francs par tête; cela suffit. (Fausse sortie.)

SCÈNE IV.

MERLIN, revenant sur ses pas.

Aller commander à dîner pour les autres, quand on n'a pas déjeûné soi-même, c'est une barbarie!.... Et puis ce pâté.... quelle couleur! quel parfum!.. Dire qu'ils se mettront six pour l'expédier, alors que je m'en chargerais si bien tout seul.... Écoutons.... J'entends le bruit d'une serrure... Nouvelle précaution... Ah! monsieur Bernard, vous voulez me piquer au jeu... Eh bien! vous avez beau faire, le pâté sera à moi ou j'y perdrai mon latin.

SCÈNE V.

BERNARD, MERLIN.

BERNARD (à part.)

Tout est en sûreté; j'ai la clé dans ma poche.... Bon... je ne crains plus rien. (A Merlin.) As-tu fait ma commission?

MERLIN.

Pas encore, monsieur; mais je me dispose à sortir.

BERNARD.

Reviens de suite. Si on vient pour me voir tu m'appelleras.

MERLIN.

Oui, monsieur.

BERNARD.

Je monte dans ma chambre... Ouf! ces maudites diligences ont failli me disloquer les membres.

SCÈNE VI.

MERLIN.

Allons, Merlin, un peu d'audace : les bons pâtés ne se présentent pas tous les jours. (Il secoue la porte.) Diable! la porte est solidement fermée.... Si je l'enfonçais !.... Impossible... D'ailleurs, il faudrait encore forcer le buffet; ce serait reprendre le chemin de la prison.... Allons, ce pâté n'est pas pour moi..... Quelle couleur cependant! quelle élégance! quel parfum! Ah! l'eau en vient à la bouche.... Et ce pauvre Pierrot, qui est à jeûn comme moi..... Allons, ma résolution est prise; dût-il m'en coûter vingt coups de bâton, je l'aurai. Comment faire?... Attends! il me vient une idée... (Criant :) Au voleur! à l'assassin! Ah! le malheureux !... Arrêtez! arrêtez!... (A demi-voix.) Monsieur Bernard sort de sa chambre. (Criant :) A l'assassin! à l'assassin!...

SCÈNE VII.

BERNARD, MERLIN.

BERNARD.

Qu'as-tu donc à crier?

MERLIN.

Ah! monsieur, un crime inouï!.... Dans quel siècle vivons-nous, grand Dieu?..... Tenez, voyez-vous, là-bas?

BERNARD regardant à la fenêtre.

Quoi donc?

MERLIN.

Ces hommes qui s'enfuient.

BERNARD.

Je ne vois rien.

MERLIN.

Pas de ce côté, monsieur... de celui-là.

BERNARD.

Il n'y a personne.

MERLIN.

Je crois bien... ils sont déjà loin.

BERNARD.

Que veux-tu dire?

MERLIN.

C'est une histoire à fendre le cœur. Tout à l'heure,
j'étais là à cette fenêtre, me disposant à faire votre
commission, lorsque, tout à coup, un homme sort de
cette rue, en criant au secours.... Il était poursuivi par
deux autres hommes à la mine sinistre. Arrivé devant
notre porte.... il s'arrête... Je me trompe, il marche...
non, il s'arrête... Alors une lutte s'engage... les assassins lèvent leurs poignards.... tenez, comme cela,
(il fait le geste), et le pauvre malheureux tombe par terre...
là, dans le corridor, peut-être sur les marches de
l'escalier...

BERNARD.

Dirais-tu vrai, par hasard?

MERLIN.

Ah! monsieur, ce n'est que trop vrai.... Voyez, je
suis tout bouleversé; je crois que j'en mourrai.

BERNARD.

Diantre! cela pourrait nous mettre dans un grand
embarras.

MERLIN.

Ce n'est rien que de le dire.... Il me semble voir, à
chaque instant, arriver la police....

BERNARD.

Mais nous sommes innocents.

MERLIN.

Ah! monsieur, cela ne prouve rien... Ces gens-là trouvent toujours moyen d'instrumenter. Ils font des perquisitions; ils posent les scellés; ils enfoncent les portes; ils emprisonnent les gens; et s'ils trouvent quelque chose de bon....

BERNARD.

Tu sais que nous n'avons rien.

MERLIN.

Et le panier de tout à l'heure?

BERNARD.

Ne t'inquiètes pas; il est sous clé.

MERLIN.

Mais, si on trouve les clés?

BERNARD.

Imbécille! Je les ai dans ma poche. (Il indique la poche de son habit.)

MERLIN.

Dans la poche de votre habit; c'est bien.... Au moins ne le quittez pas et défiez-vous de tout le monde.

BERNARD.

Il faut pourtant que j'aille voir ce cadavre. Je doute que ce soit vrai, mais je veux en avoir le cœur net.

SCÈNE VIII.

MERLIN.

Les clés sont dans la poche de son habit.... Comment
faire pour les enlever? C'est pourtant le point nécessaire; autrement pas de pâté... Et puis que va-t-il dire,
en rentrant?... Bah! je ne crains plus rien; la partie
est engagée; il me faut le pâté.

SCÈNE IX.

BERNARD, MERLIN.

BERNARD.

Voyez si ce coquin-là ne mériterait pas d'être as-
sommé! Me faire descendre pour rien un escalier de
cinquante marches.... Ah! te voilà, pendard; est-ce
que tu te joues de moi?

MERLIN.

Qui? moi, monsieur?

BERNARD.

Oui, toi.

MERLIN.

Pour qui me prenez-vous?

BERNARD.

Pour un gibier de potence; et je ne me trompe guère.

MERLIN.

Pouvez-vous me juger de la sorte?

BERNARD.

Je te connais depuis longtemps.... Mais parle; ce meurtre, ces assassins, ce cadavre....

MERLIN.

Vous ne l'avez pas trouvé?

BERNARD.

C'est facile à trouver, en effet.

MERLIN.

Là, tout près de l'escalier.

BERNARD.

J'ai regardé partout, et de plus la voisine m'a dit qu'il ne s'est rien passé.

MERLIN.

Dieu veuille que ce soit vrai!... Mais, monsieur, je l'ai vu, comme je vous vois... Je ne suis pas aveugle, vous le savez bien.

BERNARD.

Oui, parbleu! je le sais.

MERLIN.

Deux hommes, l'un grand, l'autre petit, l'un vêtu de blanc, l'autre de noir.... ils en poursuivaient un troi-sième qui avait un habit marron. Ils l'ont attaqué là, sous la fenêtre.... Je ne sais s'ils l'ont tué, car, à cette vue, j'ai senti mes genoux fléchir; je me suis presque trouvé mal... vous savez que j'ai horreur du sang.

BERNARD.

Oui, comme du travail.... Va faire ma commission,

MERLIN.

De suite, monsieur... (Il passe derrière M. Bernard, et le regarde d'un air surpris.) Ah !

BERNARD.

Qu'as-tu donc?

MERLIN tournant autour de lui.

Ah ! monsieur.

BERNARD.

Eh bien !

MERLIN riant.

Quelle drôlerie !

BERNARD.

Que veux-tu dire ?

MERLIN riant plus fort.

Qui donc vous a arrangé de la sorte?

BERNARD.

Es-tu fou?

MERLIN riant aux éclats.

Ha ! ha ! ha !

BERNARD.

Veux-tu que j'assaisonne ta gaîté de quelques coups de canne?

MERLIN.

J'ai tort, monsieur, je le reconnais; je devrais pleu—

rer plutôt. Ah! peut-on insulter ainsi un homme de
votre âge?

BERNARD.

Qui donc m'a insulté?

MERLIN.

Hélas! monsieur, si vous voyiez....

BERNARD.

Explique-toi donc.

MERLIN.

Votre habit....

BERNARD.

Eh bien! mon habit....

MERLIN.

Faut-il qu'il y ait des gens si mal appris! Ah! si j'a-
vais été là....

BERNARD.

Parle donc enfin.

MERLIN.

Non, monsieur, je vous ferais trop de peine; je ne
puis que gémir en voyant la liberté...

BERNARD.

La liberté....

MERLIN.

Oui, l'insolence de certaines gens.

BERNARD.

Dis-moi donc ce que c'est.

MERLIN.

Inutile, vous ne me croiriez pas.

BERNARD.

Ouais! est-ce qu'on se serait moqué de moi?

MERLIN.

Je le crains bien.

BERNARD.

Tu me donnes de graves soupçons.

MERLIN.

Je ne fais que mon devoir, monsieur.

BERNARD.

Voyons donc ce que c'est. (Au moment où il quitte son habit, Merlin le lui enlève et l'emporte.) Que fais tu?

MERLIN.

Je ne veux pas que vous le voyiez, monsieur; cela vous ferait trop de peine. Je reviens à l'instant.

SCÈNE X.

BERNARD.

Est-il fou? se moque-t-il de moi?... Je n'en sais rien.... Dans tous les cas, il faut bien de la patience.... Que vais-je faire? Si on me voyait en cet état.... Rentrons... (Allant à la coulisse.) Tiens! la porte est fermée.... Merlin!

MERLIN (dans la coulisse.)

Monsieur !

BERNARD.

Viens ouvrir cette porte.

MERLIN.

Un instant, monsieur; c'est fini.

BERNARD.

Le froid commence à me gagner... Je vais m'enrhumer.... (Appelant :) Merlin !

MERLIN.

Je suis à vous, monsieur.

BERNARD.

Je perdrai patience à la fin.

MERLIN.

Gardez-vous en bien, monsieur. Si vous vous ennuyez, vous pouvez lire le journal.

BERNARD.

Oui, j'ai bien envie de lire. (A part.) Voilà notre condition cependant : nous sommes les serviteurs de nos domestiques; nous essuyons tous leurs caprices, sans avoir même le plaisir de leur briser les os.... Merlin !

MERLIN.

Encore une seconde....

BERNARD.

Ouvre, ou je t'assomme !

MERLIN.

Me voilà, monsieur....

BERNARD.

Tu mériterais....

MERLIN.

Calmez-vous, monsieur ; c'était pour votre bien.

BERNARD.

Pour mon bien ? me laisser deux heures sans habit !

MERLIN.

Il fallait bien le temps de faire disparaître....

BERNARD.

Quoi donc?

MERLIN.

Là.... Ce que vous savez.

BERNARD.

Ce que je sais.... Justement, je ne sais rien.... Qu'y avait-il? Voyons....

MERLIN.

Je ne puis vous le dire; cela vous affligerait. Vous le saurez demain.... Reprenez votre habit, monsieur ; le froid pourrait vous saisir.

BERNARD.

Oui, tu m'as l'air de t'en inquiéter.

MERLIN.

Sans doute; je tiens à votre santé comme à la mienne.... (Il l'aide à se vêtir.) Monsieur Robert est venu.

BERNARD.

Mon banquier?

MERLIN.

Oui, monsieur; il venait vous apporter de l'argent.

BERNARD.

Pourquoi ne pas l'introduire?

MERLIN.

Vous n'étiez pas en état de le recevoir.

BERNARD.

On est toujours en état de recevoir de l'argent....
Qu'as-tu répondu?

•MERLIN.

J'ai dit que vous étiez absent.

BERNARD.

Imbécille!

MERLIN.

Enfin, il ma chargé de vous dire qu'il allait partir
pour la campagne dans deux heures.

BERNARD.

Et mon argent?

MERLIN.

Il l'a gardé dans sa poche.

BERNARD.

Pourquoi ne le priais-tu pas de le laisser?

MERLIN.

Hélas! monsieur; y aurait-il consenti? Les banquiers ont l'âme si dure... Du reste, il ne doit être absent qu'un mois.

BERNARD.

Un mois, c'est un siècle, quand on a besoin d'argent... Je vais chez lui à l'instant même.... Et les clés? (Il fouille dans sa poche.)

MERLIN.

Quelles clés?

BERNARD.

Les clés, enfin.... Ah! les voici.... Au retour, nous réglerons nos comptes.

MERLIN.

Hélas! je n'ai qu'un reproche à m'adresser : c'est de vous avoir été trop fidèle.

SCÈNE XI.

MERLIN.

Je les tiens enfin, ces chères clés; ces clés bénies, ces bienheureuses clés! (Appelant dans la coulisse.) Pierrot!.... Le voilà qui descend... En attendant, instrumentons. (Il ouvre la porte.) Vivat! le pâté est à nous!

SCÈNE XII.

MERLIN, PIERROT.

PIERROT (qui a entendu les derniers mots).

--Le pâté....

MERLIN.

Oui, mon cher; la fortune ne nous est plus contraire ;
nous déjeûnons aujourd'hui.

PIERROT.

Quelle heureuse nouvelle !... laisse—moi t'embrasser.

. MERLIN.

Non, non; les affaires avant tout. (Il passe dans la coulisse.)
Je le tiens !

PIERROT (sautant).

Vivat ! vivat !

MERLIN (revenant avec le panier qu'il découvre).

Regarde.

PIERROT.

Quelle couleur appétissante !

MERLIN.

Sens un peu cela.

PIERROT.

Ah! il semble qu'on se balance un encensoir sous le
nez.

MERLIN.

Mettons—nous la table?

PIERROT.

A quoi bon?... Tes maîtres vont rentrer peut-être...

MERLIN.

L'un cherche des malades, l'autre est chez son ban—

quier; ils ne viendront que dans une heure. (Il approche un guéridon.)

PIERROT.

Et dire que nous avons failli jeûner aujourd'hui !

MERLIN (posant le pâté sur le guéridon.)

Oui, mon ami, c'est le port après la tempête; c'est l'oasis dans le désert; c'est.... Mais le panier n'est pas encore vide. (Tirant deux bouteilles et lisant l'étiquette) : *Sillery mousseux*. Du champagne, mon cher, du champagne !

PIERROT.

Ah! Merlin, tu es un grand homme... La postérité te dressera des statues. Laisse-moi boire à ta santé.

MERLIN.

Un instant.... modère ton enthousiasme. Que dis-tu de ce pâté?

PIERROT (la bouche pleine).

C'est un morceau de roi. (Prenant une bouteille.) A la santé du docteur Chevillard !

MERLIN (écoutant).

On monte l'escalier.... Diable! qui peut venir à cette heure?

(Voix dans la coulisse :) Merlin !

MERLIN.

C'est monsieur Chevillard en personne.

PIERROT.

Que devenir?

8.

MERLIN.

Nous sommes perdus,... Je me charge du pâté ; prends les bouteilles, et fuyons dans ma chambre.

PIERROT.

Que Dieu nous soit en aide.

SCÈNE XIII.

CHEVILLARD.

Merlin ! Merlin !... Je crois, en vérité, que je paie un domestique pour enrager tout à mon aise.... Merlin ! Merlin !.... Ce fripon ne se présente que lorsqu'on n'a pas besoin de lui. (Frappant sur la table.) Merlin ! Merlin ! Merlin !

SCÈNE XIV.

CHEVILLARD, BERNARD.

BERNARD (dans la coulisse).

Qu'as-tu donc à crier ?

CHEVILLARD (s'élançant vers la coulisse)

Viendras-tu, maraud ? Approche ; je vais t'arracher les deux oreilles... (Il heurte son frère.) C'est toi... d'où diantre viens-tu ? Te voilà tout essoufflé.

BERNARD.

Je n'en puis plus.... Je viens de chez monsieur Robert, notre banquier. Ce gueux de Merlin m'a dit qu'il était venu pour nous porter de l'argent et qu'il allait partir pour la campagne : or, tout cela est vrai comme un article de l'*Alcoran*.

CHEVILLARD.

C'est donc un nouveau tour qu'il t'a joué ?

BERNARD.

Oui ; mais ce sera le dernier... J'exige qu'il soit battu et renvoyé.

CHEVILLARD.

Il le sera.... Je viens de la *Tête-Noire* ; rien n'était encore commandé.

BERNARD.

Comment !... j'y ai envoyé Merlin.

CHEVILLARD.

Merlin, Merlin... C'est bien à lui qu'il faut se fier ; pourquoi ne pas y aller toi-même ?.... Mais j'ai mis ordre à tout.... Prends le pâté, et suis-moi.

BERNARD (ébahi).

Tiens ! la porte est ouverte.

CHEVILLARD.

Cela prouve qu'elle n'est pas fermée.

BERNARD.

Cela pourrait prouver bien autre chose. (Il passe dans la coulisse.) Grand Dieu !

CHEVILLARD.

Qu'as-tu donc ?

BERNARD.

L'armoire est ouverte... le pâté n'y est plus.

CHEVILLARD.

Tu n'avais donc pas fermé?

BERNARD.

Mais si; j'ai les clés dans ma poche; les voici.

CHEVILLARD.

Qui donc peut avoir ouvert?

BERNARD.

Le sais-je, moi?... Ce doit être quelque sorcier.

CHEVILLARD.

Un sorcier... oui; je te conseille de le croire.... Mais la clé est encore à la porte... Tu es donc aveugle.

BERNARD.

C'est vrai... En voilà deux au lieu d'une. Comment expliquer ce mystère?

CHEVILLARD.

Oh! c'est bien facile... On a eu le talent de l'enlever.

BERNARD.

Ce n'est pas possible; elle était là, dans ma poche.

CHEVILLARD.

Écoute : Tu n'as pas quitté ton habit?

BERNARD.

Ah! je me rappelle... oui, je l'ai quitté pendant trois minutes, parce que Merlin me disait....

CHEVILLARD.

Merlin était là ?

BERNARD.

Oui, il me l'a nettoyé.

CHEVILLARD.

Voilà le mystère éclairci : Merlin a mangé le pâté.

BERNARD (furieux.)

Ah ! pendard !

CHEVILLARD.

Il a pris les clés dans ta poche et les a remplacéès par d'autres.... C'est un tour bien joué.

BERNARD.

Commandez un pâté magnifique ; portez-le avec vous l'espace de cinquante lieues ; soignez-le comme vos yeux, afin qu'un misérable valet ait le plaisir de s'en lécher les doigts.

CHEVILLARD.

Toutes ces plaintes sont inutiles.

BERNARD.

N'importe ; cela me fait du bien... (S'arrachant les cheveux.) Ah ! quelle journée !

CHEVILLARD.

Que fais-tu donc ?

BERNARD.

Je suis désespéré... Drôle ! vaurien ! misérable ! Il faut que je l'assomme. (Criant.) Merlin ! Merlin !

8*

(Voix dans la coulisse.) On y va !

BERNARD.

Il répond enfin... Ah ! qu'il vienne....

CHEVILLARD.

Non non; tu vas tout gâter. Je suis aussi furieux que toi, et pourtant je me modère. Passe dans la chambre voisine; tu viendras quand je t'appellerai.

SCÈNE XV.

CHEVILLARD, MERLIN (un peu gris.)

MERLIN.

Me voici à vos ordres, monsieur.

CHEVILLARD.

D'où viens-tu ?

MERLIN.

De ma chambre... Je souffre horriblement de la tête; je m'étais mis au lit.

CHEVILLARD.

En effet, tu as l'air souffrant.... Ton visage est tout décomposé; tes yeux sont injectés de sang. Voyons. (Il lui prend le bras.) Ce pouls est bien agité. Montre ta langue.... Pauvre garçon ! elle est toute enflammée.... D'où peut venir un dérangement si subit ?

MERLIN.

Hélas ! je n'en sais rien.

CHEVILLARD.

Écoute. Tu n'as pas ouvert cette porte ?

MERLIN,

Oh! non, monsieur.

CHEVILLARD.

Tu n'as pas fouillé dans cette armoire?

MERLIN.

Non, monsieur.

CHEVILLARD.

Tu n'as pas goûté d'un certain pâté....

MERLIN.

Je n'ai rien mangé depuis hier.

CHEVILLARD.

Vraiment?

MERLIN.

Que le ciel....

CHEVILLARD.

Ne jure pas; ta parole me suffit... Tu es bien heureux de n'y avoir pas touché. Autrement, tu serais
mort avant deux heures.

MERLIN (effrayé.)

Ah!

CHEVILLARD.

Qu'as-tu donc?

MERLIN.

Rien. C'est que vous avez dit....

CHEVILLARD.

J'ai dit que celui qui a pris le pâté sera mort dans
deux heures.

MERLIN.

Est-il possible?

CHEVILLARD.

Ce pâté est empoisonné, ainsi que le champagne renfermé dans le panier. Il m'a été demandé par l'ambassadeur de Turquie. Il devait l'envoyer au sultan, qui le destinait à un de ses grands vizirs... Tu deviens pâle..

MERLIN.

Oui, monsieur; je ne suis pas bien... Ce poison est bien violent?

CHEVILLARD.

Très-violent : C'est un mélange d'arsenic, de nicotine et d'acide prussique... un morceau de ce pâté peut faire mourir dix personnes.

MERLIN (tressaillant.)

Dix personnes!....

CHEVILLARD.

Tout autant. On éprouve d'abord des douleurs de tête; puis des déchirements d'entrailles; des langueurs d'estomac; la vue se trouble; les jambes sont faibles et chancelantes; enfin on meurt dans des douleurs atroces... Tu es bien heureux de n'y avoir pas touché. Reste là; j'aurai besoin de toi dans un moment.

SCÈNE XV.

MERLIN.

Un morceau de ce pâté peut tuer dix personnes.... Et moi qui en ai mangé la moitié! moi qui ai bu une bouteille de ce maudit champagne... Il était bien bon pourtant.... Je souffre.... Il n'en faut pas douter, j'éprouve tous les symptômes d'un empoisonnement...' Ah ! mon Dieu ! (Il s'assied.)

SCÈNE XVI.

MERLIN, PIERROT (un peu chancelant.)

PIERROT (à part.)

Le maître n'y est pas; bon !... (à Merlin.) Adieu, Merlin, au revoir!

MERLIN.

Oui, au revoir.... dans l'autre monde.

PIERROT.

Que chantes-tu là ?

MERLIN.

Mon cher, nous sommes perdus.

PIERROT.

Après un si bon déjeûner?

MERLIN.

Ah! maudit pâté! maudit champagne!

PIERROT.

Doucement !... Je voudrais bien que ce fût à recommencer.... Mais pourquoi ces plaintes? cette figure bouleversée ?... Te voilà tout changé.

MERLIN.

Ah ! je le serai bien plus dans une heure.... Et toi aussi.

PIERROT.

Parle donc plus clairement, si tu veux que je te comprenne.

MERLIN.

Eh bien! nous sommes empoisonnés.

PIERROT.

Ah! par exemple.

MERLIN.

Ce pâté, ces bouteilles de champagne renfermaient une drogue diabolique.... On les destinait à des Turcs.

PIERROT.

Qui te l'a dit?

MERLIN.

Monsieur Chevillard lui même... Tu ne ris plus.

PIERROT.

Non; je ne me sens pas bien.

MERLIN.

C'est comme moi: j'étais gai tout à l'heure, et puis tout d'un coup.... Ah!

PIERROT.

Qu'as-tu donc à crier.

MERLIN (portant la main à sa tête.)

Je souffre horriblement.

PIERROT.

Et moi aussi, j'ai la tête un peu prise.

MERLIN.

C'est par là que ça commence.... Ne sens-tu pas tes jambes faibles?

PIERROT.

Un peu.

MERLIN.

C'est comme moi... Et tes yeux ?

PIERROT.

J'y vois un peu trouble.

MERLIN.

C'est fini, mon cher ; nous allons partir de compagnie.

PIERROT.

Malheureux ! Tu seras cause de ma mort.

MERLIN.

C'est toi plutôt qui causes la mienne.... Sans toi.. .
Ouf.... je perds mes idées.

PIERROT.

Et moi aussi.

MERLIN.

Je n'ai plus qu'un souffle de vie.

PIERROT.

Et moi aussi.

MERLIN.

Ah ! l'estomac !

PIERROT.

Ah ! le ventre...

MERLIN.

Ah ! la tête...

PIERROT.

Ah ! le cœur.

MERLIN.

Mourir à la fleur de son âge!

PIERROT.

Après un si bon déjeûner!

MERLIN.

Renoncer à de si belles espérances!

PIERROT.

A un si brillant avenir!

MERLIN.

Mais n'y a-t-il aucun remède?... Monsieur Chevillard est médecin; il aura pitié de nous.

PIERROT.

Mais il faudra tout avouer.

MERLIN.

Qu'importe? Ah! puissions-nous en être quittes pour
quelques coups de canne.... Le voici.

SCÈNE XVII.

CHEVILLARD, BERNARD, MERLIN, PIERROT.

MERLIN ET PIERROT (tombant à genoux.)

Monsieur, ayez pitié de nous.

CHEVILLARD.

Qu'est-ce que c'est?

MERLIN.

Nous sommes empoisonnés.

CHEVILLARD.

Pauvres jeunes gens!... En effet, ils n'en ont pas pour demi-heure.

PIERROT.

Ah! mon Dieu!

CHEVILLARD (tenant le pouls de Merlin.)

La mort fait des progrès effrayants; le pouls ne bat presque plus.... Renoncer à la vie, à votre âge!

MERLIN.

Ah! monsieur, ce n'est pas notre faute.... De grâce, sauvez-nous!

CHEVILLARD.

Où donc avez-vous pris ce poison?

MERLIN.

Dans.... Parle, Pierrot....

PIERROT.

Non; la parole me manque. Parle, Merlin....

MERLIN.

Eh bien! monsieur, dans votre armoire.

CHEVILLARD.

Ah! j'entends.... c'est vous qui avez mangé le pâté.

MERLIN.

Hélas! oui, monsieur.

CHEVILLARD.

Et vous voulez du contre-poison.

MERLIN.

Oui, monsieur.

9

CHEVILLARD.

Je vais vous en donner. (Il tire une cravache de dessous son habit; son frère en fait autant. Ils poursuivent en les frappant Merlin et Pierrot.)

MERLIN ET PIERROT (courant sur la scène.)

Aïe! aïe! aïe!...

CHEVILLARD.

Voilà le remède que je vous ai promis.

BERNARD.

Canailles! misérables voleurs! Ah! vous paierez le pâté.... Tiens! attrape! attrape!...

MERLIN.

Monsieur!... de grâce! ayez pitié de nous.

CHEVILLARD.

Eh bien! vous trouvez-vous mieux?

PIERROT.

Oui, monsieur; je suis entièrement guéri.

BERNARD.

Encore un peu d'exercice....

MERLIN tombe à genoux. (Pierrot l'imite.)

Eh bien! monsieur, je l'avoue; nous sommes coupables....

PIERROT.

Oui, bien coupables...

MERLIN.

Je vous demande pardon....

PIERROT.

Et moi aussi.

MERLIN.

Je vous promets, à l'avenir....

CHEVILLARD.

Je n'ai que faire de vos promesses. Sortez de chez moi !

BERNARD.

Oui, sortez... Ah! vous avez voulu rire à nos dépens; *mais rira bien qui rira le dernier* (1).

(1) On comprend que cette dernière scène peut être prolongée à volonté.

FIN.

A LA MÊME LIBRAIRIE

Recueil de pièces pour les distributions de prix :

DÉLASSEMENTS DRAMATIQUES, à l'usage des colléges, des petits-séminaires, etc.; par M. l'abbé Lebardin, professeur de belles-lettres ; un fort vol. in-12, broché 4ᶠ

On vend séparément :

LES JEUNES CAPTIFS, drame en trois actes . . . . » 75
LE RETOUR DES COLONIES, comédie en deux actes . . . . . » 75
LES TOURISTES, ou Bien mal acquis ne profite pas, comédie en trois actes . . . . » 75
L'EXPIATION, drame en trois actes . . . . » 75
UNE VEILLE DE DISTRIBUTION DES PRIX, ou Qui trop embrasse mal étreint, drame en deux actes . . . . » 75
LE DÉPART POUR LA CALIFORNIE, drame en trois actes . . . » 75

NOUVEAU THÉATRE DE LA JEUNESSE, choix de drames moraux, par le même; un vol. in-12, broché . . . . 4 »

On vend séparément :

OLIVIER DE CLISSON, drame en trois actes . . . . 1 »
LA RÉFORME AU COLLÉGE, drame en un acte . . . . » 75
JOSEPH, ou le Serviteur fidèle, drame en deux actes . . . . » 90
FRANÇOIS CARRARE, drame en trois actes . . . . 1 »
AU CLAIR DE LA LUNE, historiette en un acte . . . . » 75

Ouvrages récents du même auteur :

NOUVEAU THÉATRE DES COLLÉGES ET DES FAMILLES, recueil de drames moraux à l'usage des jeunes gens; un vol. in-12, broché . . . . 4 »

On vend séparément :

L'ORGUEILLEUX corrigé, drame en deux actes . . . . » 75
UNE LEÇON DE PHILOSOPHIE, comédie en trois actes . . . . 1 »
A PROPOS D'UN PATÉ, ou Rira bien qui rira le dernier, proverbe en un acte . . . . » 75
LE PREMIER JOUR DES VACANCES, ou Un tiens vaut mieux que deux tu l'auras, proverbe en un acte . . . . » 75
CHARLES VI, drame en trois actes . . . . 1 »

Bordeaux. — Imp. de J. DELMAS, rue Ste-Catherine, 139.